Le Don suprême

DU MÊME AUTEUR

L'Alchimiste, Éditions Anne Carrière, 1994 ; Flammarion, 2008, 2017 (nouvelle édition).
Sur le bord de la rivière Piedra je me suis assise et j'ai pleuré, Éditions Anne Carrière, 1995.
Le Pèlerin de Compostelle, Éditions Anne Carrière, 1996.
La Cinquième Montagne, Éditions Anne Carrière, 1998.
Manuel du guerrier de la lumière, Éditions Anne Carrière, 1998.
Conversations avec Paulo Coelho, Éditions Anne Carrière, 1999.
Veronika décide de mourir, Éditions Anne Carrière, 2000 ; Flammarion, 2007, 2021 (nouvelle édition).
Le Démon et mademoiselle Prym, Éditions Anne Carrière, 2001.
Onze minutes, Éditions Anne Carrière, 2003.
Maktub, Éditions Anne Carrière, 2004.
Le Zahir, Flammarion, 2005.
Comme le fleuve qui coule : récits 1998-2005, Flammarion, 2006.
La Sorcière de Portobello, Flammarion, 2007.
La Solitude du vainqueur, Flammarion, 2009.
Brida, Flammarion, 2010.
Aleph, Flammarion, 2011.
Le Manuscrit retrouvé, Flammarion, 2013.
Adultère, Flammarion, 2014.
L'Espionne, Flammarion, 2016.
Hippie, Flammarion, 2018.
La Voie de l'archer, Flammarion, 2019.

Paulo Coelho

Le Don suprême

Librement adapté du texte
de Henry Drummond

Traduit du portugais (Brésil) par Élodie Dupau

Flammarion

Titre original : *The Greatest Thing in the World*
(Henry Drummond, 1851-1897),
librement adapté par Paulo Coelho
sous le titre *O Dom supremo*

Édition publiée en accord avec
Sant Jordi Asociados Agencia Literaria S.L.U.,
Barcelone, Espagne.
www.santjordi-asociados.com

http://paulocoelhoblog.com
Pour les illustrations intérieures :
Illustrations originales d'après des images © GeorgePeters / iStock ;
© Kseniya Parkhimchyk / Shutterstock
Pour la traduction française :

ISBN : 978-2-0802-3447-6

Ô Marie, conçue sans péché,
priez pour nous qui avons recours à Vous.
Amen.

« Tu vois cette femme ? Je suis entré dans ta maison, et tu ne m'as pas versé de l'eau sur les pieds ; elle, elle les a mouillés de ses larmes et essuyés avec ses cheveux.

« Tu ne m'as pas embrassé ; elle, depuis qu'elle est entrée, n'a pas cessé d'embrasser mes pieds.

« Tu n'as pas fait d'onction sur ma tête ; elle, elle a répandu du parfum sur mes pieds.

« Voilà pourquoi je te le dis : ses péchés, ses nombreux péchés, sont pardonnés, puisqu'elle a montré beaucoup d'Amour. Mais celui à qui l'on pardonne peu montre peu d'Amour. »

Luc 7, 44-47

AVANT-PROPOS

« Mieux vaut ne pas vivre que ne pas aimer. »

Nous croyons tous – comme, probablement, les personnes qui ont assisté au sermon historique de Henry Drummond – tout savoir de la chose la plus importante au monde : l'Amour.

Nous passons notre existence à chercher désespérément quelqu'un qui nous aimera, nous nous croyons généreux, vrais et droits, alors la vie nous paraît injuste quand, après tant de recherches, nous devons affronter de longues périodes de solitude.

Pour ma part, je pensais avoir fait le tour du sujet de l'Amour lorsque ce sermon est tombé entre mes mains. Grâce à sa lecture, je me suis aperçu que j'en demandais beaucoup et que j'accordais bien peu à l'objet de ma quête. À partir du moment où j'ai lu ce texte et entrepris de mettre en pratique ses enseignements, ma vie en a été bouleversée. J'ai compris que je ne cherchais pas de la bonne façon, parce que, comme le dit Drummond, « pour qu'un homme entre au Royaume des Cieux, il doit porter le paradis dans son âme ».

Une petite remarque sur le texte que vous vous apprêtez à lire : bien que je sois chrétien, j'ai apporté des modifications à certains passages, dans la volonté d'ouvrir plus largement un propos que Drummond tenait dans une perspective uniquement chrétienne. Je pense que l'Amour, en tant que chose la plus importante au monde, se situe au-delà des croyances individuelles. Je suis sûr qu'il me le pardonnera.

Paulo Coelho

À la fin du XIXe siècle, par une froide après-midi de printemps, des hommes et des femmes venus de diverses régions d'Angleterre se réunirent pour écouter le prêcheur le plus réputé de l'époque. Ils étaient impatients d'entendre ce que cet homme avait à dire.

Mais le prêcheur, après huit mois d'un épuisant travail d'évangélisation mené à travers plusieurs pays, se sentait vide. Il regarda la petite assemblée, s'essaya à quelques phrases et finit par renoncer. Il n'avait pas été touché par l'Esprit de Dieu ce jour-là.

Triste, ne sachant que faire, il se tourna vers un jeune missionnaire qui se trouvait dans l'assistance. Le garçon, rentré d'Afrique depuis peu, avait peut-être quelque chose d'intéressant à dire.

Il lui demanda donc de le remplacer.

Le groupe réuni dans un jardin du Kent en parut un peu déçu.

Personne ne connaissait ce jeune missionnaire. En vérité, il n'était même pas missionnaire. Il avait refusé son ordination comme ministre du culte car il n'était pas sûr que ce fût sa véritable vocation.

En quête d'une raison de vivre, se cherchant lui-même, il avait passé deux ans en Afrique, enthousiasmé par l'exemple de ces personnes qui poursuivent un idéal.

Les membres de l'assemblée de ce jardin du Kent n'apprécièrent guère ce changement. Ils étaient venus pour entendre un prêcheur expérimenté, sage et réputé, et voilà qu'ils devaient écouter un jeune homme qui, tout comme eux, luttait encore pour se trouver lui-même.

Mais Henry Drummond – le jeune homme en question – avait appris quelque chose. Il demanda une bible à l'une des personnes présentes et lut un extrait de la Première Lettre de saint Paul aux Corinthiens :

J'aurais beau parler toutes les langues
des hommes et des anges,
s'il me manque l'Amour,
je ne suis qu'un cuivre qui résonne,
une cymbale retentissante.

J'aurais beau être prophète,
avoir toute la science des mystères et toutes
les connaissances,
j'aurais beau avoir toute la Foi, jusqu'à trans-
porter les montagnes,
s'il me manque l'Amour,
je ne suis rien.

J'aurais beau distribuer toute ma fortune aux
affamés,
j'aurais beau me faire brûler vif,
s'il me manque l'Amour,
cela ne me sert à rien.

L'Amour est patient ;
l'Amour rend service ;
l'Amour ne jalouse pas ;
Il ne se vante pas, ne se gonfle pas d'orgueil ;
Il ne fait rien d'inconvenant ;
Il ne cherche pas son propre intérêt ;

Il ne s'emporte pas ;
Il n'entretient pas de rancune ;
Il ne se réjouit pas de ce qui est injuste,
mais Il trouve sa joie dans ce qui est vrai ;
Il supporte tout, Il a confiance en tout,
Il espère tout,
Il endure tout.

L'Amour ne connaît pas de fin.
Les prophéties seront dépassées,
le don des langues cessera,
les connaissances actuelles seront dépassées.
En effet, nos connaissances sont partielles,
nos prophéties sont partielles.

Quand viendra l'achèvement,
ce qui est partiel sera dépassé.
Quand j'étais petit enfant,
je parlais comme un enfant,
je pensais comme un enfant,
je raisonnais comme un enfant.
Maintenant que je suis un homme,
j'ai dépassé ce qui était propre à l'enfant.

Nous voyons actuellement comme dans un miroir obscur ;

ce jour-là, nous verrons face à face.
Actuellement, mes connaissances sont partielles ;
ce jour-là, je connaîtrai parfaitement, comme j'ai été connu.

Ce qui demeure aujourd'hui,
c'est la Foi, l'Espérance et l'Amour.
Mais le plus grand des trois,
c'est l'Amour.

Parmi l'assistance, tous écoutèrent dans un silence empreint de respect, mais la déception perdurait.

La plupart connaissaient ce passage et avaient déjà longuement médité dessus.

À leurs yeux, le jeune homme aurait pu choisir quelque chose de plus original, de plus palpitant.

Quand il eut achevé sa lecture, Henry ferma la Bible, regarda le ciel et se mit à discourir :

Chacun de nous, à un moment donné, s'est posé cette question que toutes les générations précédentes se sont posée :

Qu'est-ce qui est le plus important dans la vie ?

Dans la mesure où personne ne peut vivre à notre place, nous souhaitons employer nos jours de la meilleure des façons. Il nous faut donc savoir vers où tourner nos efforts : quel est en effet le but suprême à atteindre ?

Nous entendons souvent que le plus grand trésor du monde spirituel est la Foi. Des siècles et des siècles de religion s'appuient sur ce simple mot.

Considérons-nous la Foi comme ce qu'il y a de plus important au monde ? Si c'est le cas, nous sommes totalement dans l'erreur.

Et s'il nous arrive un jour de le penser, alors nous pouvons cesser de croire.

Le passage que je viens de vous lire nous ramène aux premiers temps du christianisme. Et comme nous l'avons vu, « ce qui demeure aujourd'hui, c'est la Foi, l'Espérance et l'Amour. Mais le plus grand des trois, c'est l'Amour ».

Il ne s'agit pas là d'une opinion surfaite de Paul, l'auteur de ces lignes ; il évoquait déjà la Foi un peu plus tôt en disant : « J'aurais beau avoir toute la Foi, jusqu'à transporter les montagnes, s'il me manque l'Amour, je ne suis rien. »

Paul n'a pas évité le sujet ; au contraire, il a comparé la Foi avec l'Amour. Et il en a conclu : « Le plus grand des trois, c'est l'Amour. »

Affirmer cela a dû lui coûter, car, en général, nous prônons auprès des autres ce qui constitue notre point fort.

Or l'Amour n'était pas le point fort de Paul. Un étudiant doté du sens de l'observation remarquera que l'apôtre, en vieillissant, devenait plus tolérant, plus tendre. Mais la main qui a écrit « le plus grand des trois, c'est l'Amour » avait souvent été entachée de sang dans sa jeunesse.

En outre, cette Lettre aux Corinthiens n'est pas le seul document à désigner l'Amour comme le *summum bonum*, le Don suprême. Tous les chefs-d'œuvre du christianisme s'accordent sur ce point.

Pierre dit : « Avant tout, ayez les uns pour les autres un Amour intense, car l'Amour couvre une multitude de péchés. »

Et Jean va plus loin : « Dieu est Amour. »

Dans un autre texte de Paul on peut lire aussi : « Le plein accomplissement de la Loi, c'est l'Amour. »

Pourquoi Paul a-t-il déclaré cela ? À l'époque, les hommes s'efforçaient d'accéder au paradis en respectant les dix commandements – ainsi que les centaines d'autres commandements qu'ils s'étaient donnés à partir des Tables de la Loi. Il fallait accomplir la Loi, c'était tout. C'était plus important que la vie même.

Alors le Christ a dit : « Je vais vous montrer une façon très simple d'atteindre le Père. Si vous apprenez cela, vous pourrez faire des centaines d'autres choses sans craindre d'offenser Dieu.

« C'est l'Amour. Si vous aimez, vous accomplirez la Loi, même sans en avoir conscience. »

Nous pouvons vérifier par nous-mêmes que ce conseil fonctionne.

Prenons un commandement au hasard : « Tu aimeras le Seigneur ton Dieu par-dessus tout. » Voilà l'Amour.

« Tu n'invoqueras pas en vain le nom du Seigneur ton Dieu. »

Oserions-nous parler superficiellement de quelqu'un que nous aimons ?

« Souviens-toi du jour du repos pour le sanctifier. »

Ne sommes-nous pas souvent impatients quand nous attendons le jour de retrouver ceux que nous aimons et de nous consacrer à l'Amour ? C'est exactement la même chose qui se produit si nous aimons Dieu.

L'Amour exige que nous obéissions à toutes les Lois de Dieu.

Lorsqu'un être est empli d'Amour, il est inutile de lui imposer d'honorer son père et sa mère ou de ne pas tuer. De même, exiger de l'homme qui veut le bien de son prochain qu'il ne vole pas revient à l'offenser : comment pourrait-il voler quelqu'un qu'il aime ? Et il serait tout aussi superflu de lui demander de ne pas mentir ni trahir : jamais il ne porterait de faux témoignages, et jamais il ne pourrait convoiter la personne aimée d'un autre.

L'Amour, donc, est « le plein accomplissement de la Loi ».

L'Amour est la règle qui résume toutes les autres règles.

L'Amour est le commandement qui justifie tous les autres commandements.

L'Amour est le secret de la vie.

Paul l'a appris et nous a donné, dans la lettre que nous venons de lire, la meilleure description qui soit, et la plus importante, du *summum bonum*, le Don suprême.

Paul compare l'Amour à d'autres choses qui, à son époque, étaient d'une grande valeur pour les hommes.

Il le compare à l'éloquence – un don noble, capable de toucher le cœur et l'esprit des personnes, de les inciter à réaliser d'importantes tâches sacrées, de les encourager à s'aventurer au-delà de leurs limites.

Il fait référence aux grands prêcheurs quand il déclare : « J'aurais beau parler toutes les langues des hommes et des anges, s'il me manque l'Amour, je ne suis qu'un cuivre qui résonne, une cymbale retentissante. »

Et nous savons tous pourquoi. Nous avons tous déjà entendu des propos qui nous ont semblé être de grandes idées susceptibles de transformer le monde. Mais il s'agissait de paroles prononcées sans émotion, dépourvues d'Amour, et qui, donc, ne nous touchaient pas, pour logiques et intelligentes qu'elles aient pu nous paraître.

Paul compare aussi l'Amour aux prophéties. Aux mystères. À la Foi. À la Charité.

Pourquoi l'Amour est-il plus important que la Foi ?

Parce que la Foi n'est qu'une voie qui nous mène à l'Amour majeur.

Pourquoi l'Amour est-il plus important que la Charité ?

Parce que la Charité n'est que l'une des manifestations de l'Amour. Et que le tout demeure plus important que la partie. En outre, la Charité n'est qu'une autre voie, l'une de celles, nombreuses, que l'Amour emprunte pour unir un homme à son prochain.

Et puis, comme nous le savons tous, la Charité sans Amour existe aussi. Il est très facile de jeter une pièce à un mendiant dans la rue. C'est d'ailleurs plus facile de le faire, en général, que de ne rien faire du tout.

Ce geste nous libère du sentiment de culpabilité que nous éprouvons face au cruel spectacle de la misère.

Quel grand soulagement peut apporter une simple petite pièce ! Voilà qui ne nous revient pas cher et qui résout le problème du mendiant.

Cependant, si nous aimions réellement ce pauvre homme, nous ferions beaucoup plus pour lui.

Ou nous ne ferions rien. Nous ne donnerions pas cette pièce et – qui sait – notre sentiment de culpabilité à l'égard de cette misère pourrait éveiller en nous le véritable Amour.

Paul compare ensuite l'Amour au sacrifice et au martyre. Et je supplie ceux qui voudraient un jour, par ce biais, œuvrer au bien de l'humanité : n'oubliez jamais que si vous n'êtes pas emplis d'Amour, cela ne mènera à rien, même si vous vous faites brûler vifs au nom de Dieu. À rien !

Que vos vies soient le reflet de l'Amour, voilà le don le plus important que vous puissiez faire. C'est le véritable langage universel, qui nous permet de parler l'une des nombreuses langues de la Chine ou de l'Inde. Si vous allez un jour dans l'un de ces pays, l'éloquence silencieuse de l'Amour vous permettra d'être compris de tous.

Le message de foi d'un homme réside dans sa façon de vivre, et non dans ses paroles.

Il y a peu de temps, je me trouvais au cœur de l'Afrique, dans la région des Grands Lacs. Là-bas, je suis entré en contact avec des hommes et des femmes qui gardaient le tendre souvenir du seul homme blanc qu'ils avaient connu : David Livingstone. Et tandis que je suivais ses pas sur le continent noir, les visages s'éclairaient quand on me parlait d'un médecin passé par là trois ans plus tôt. Les gens ne pouvaient comprendre les paroles de Livingstone, mais ils sentaient l'Amour qui imprégnait son cœur.

Portez ce même Amour en vous et votre labeur prendra tout son sens. Et quand vous serez amenés à parler de Dieu et du monde spirituel, vous serez sans doute plus éloquents que sur tout autre sujet.

Car continuer à relater des récits de miracles, des témoignages de foi, à dire de belles prières n'avance à rien. Si vous faites tout cela en oubliant l'Amour, vos efforts ne serviront à rien.

Parce que vous pouvez accomplir n'importe quoi, vous pouvez être prêts à n'importe quel sacrifice…

Mais si vous livrez vos corps aux flammes en étant dépourvus d'Amour, cela n'aura aucun sens, ni pour vous, ni pour la cause de Dieu.

Après avoir comparé l'Amour à tout cela, Paul se livre – en trois petits versets – à une analyse surprenante de la nature de ce Don suprême.

Il nous dit que l'Amour est composé de bien d'autres choses.

Comme la lumière. À l'école, on apprend que lorsqu'un rayon de soleil traverse un prisme, ce rayon se divise en sept couleurs.

Les couleurs de l'arc-en-ciel.

De même, Paul fait traverser à l'Amour le prisme de sa sensibilité pour en faire apparaître les éléments qui le composent.

Il nous montre l'arc-en-ciel de l'Amour, comme le prisme traversé par un rayon nous montre l'arc-en-ciel de la lumière.

Et quels sont ces éléments ? Ce sont les vertus dont nous entendons parler tous les jours, et que nous pouvons pratiquer à chaque instant de nos vies.

Ces petites choses, ces vertus simples, constituent le Don suprême.

L'Amour se compose de neuf ingrédients :

La patience : « L'Amour est patient. »

La bonté : « L'Amour rend service. »

La générosité : « L'Amour ne jalouse pas. »

L'humilité : « Il ne se vante pas, ne se gonfle pas d'orgueil. »

La délicatesse : « Il ne fait rien d'inconvenant. »

Le dévouement : « Il ne cherche pas son propre intérêt. »

La tolérance : « Il ne s'emporte pas. »

L'innocence : « Il n'entretient pas de rancune. »

La sincérité : « Il ne se réjouit pas de ce qui est injuste, mais Il trouve sa joie dans ce qui est vrai. »

Patience. Bonté. Générosité. Humilité. Délicatesse. Dévouement. Tolérance. Innocence. Sincérité. Voilà les éléments qui composent le bien suprême, et ils résident dans l'âme de toute personne désireuse d'être présente au monde et proche de Dieu.

Ces dons sont tous liés à nous, à notre vie quotidienne, à notre présent et à notre futur, à l'éternité.

On parle toujours beaucoup de l'Amour envers Dieu.

Mais le Christ nous parle de l'Amour envers l'homme.

On recherche la paix dans les Cieux.

Mais le Christ a cherché la paix sur la Terre.

L'homme cherche une réponse à la grande question : « À quoi dois-je consacrer mon existence ? » Mais cette quête ne lui est ni étrangère ni imposée.

Elle apparaît dans toutes les civilisations, même si celles-ci n'ont pas été en contact entre elles. Parce qu'elle est née avec l'homme et qu'elle reflète le souffle de l'Esprit éternel en ce monde.

Le Don suprême reflète aussi ce souffle. Il n'est pas seulement un don en soi, mais la somme des mots et des attitudes de notre vie quotidienne.

L'Amour est **patience.**

L'Amour se comporte ainsi : Il attend calmement, sans hâte, en sachant qu'Il pourra se manifester à un moment donné.

L'Amour se tient prêt à réaliser son œuvre au moment opportun, mais Il attend son heure avec calme et sérénité.

L'Amour est patient. Il endure tout. Il croit en tout.

Il espère tout.

Car l'Amour est doué de compréhension.

La **bonté**. L'Amour en acte.

Avez-vous déjà remarqué que le Christ a passé une grande partie de son temps sur Terre à être bon avec les autres, à faire le bonheur des gens ?

Il a consacré une grande partie de son court passage dans ce monde à rendre ses contemporains heureux.

Pensez-y, et vous vous rendrez compte que le Christ avait beaucoup à faire, mais qu'Il n'a jamais oublié d'être tendre envers son prochain.

Une seule chose est plus importante que le bonheur : la sainteté. Elle n'est pas à notre portée, en revanche nous pouvons faire le bonheur d'autrui. Dieu a mis cette faculté entre nos mains et elle ne nous coûte presque rien.

Oui, si nous la considérons avec attention, nous verrons bien qu'elle ne nous coûte absolument rien.

Et pourtant, nous rechignons à rendre heureux notre prochain. Pourquoi ? Le bonheur ne grandit pas lorsqu'il est en cage, pas plus qu'il ne diminue lorsqu'on le procure. Au contraire, ce n'est qu'en semant le bonheur que nous serons nous aussi plus heureux.

« La chose la plus importante que nous puissions faire pour un père, a dit un jour quelqu'un, c'est être aimable avec ses enfants. »

Comme le monde en a besoin !

Et comme il est facile d'être aimable ! L'effet en est immédiat et le souvenir en est éternel.

Et la récompense en est abondante, car nulle dette n'est plus honorée que celle de l'Amour. L'Amour ne faillit jamais.

L'Amour est la véritable énergie de la vie. Comme l'a écrit Robert Browning :

Car la vie, dans ses moments de joie et de tristesse,
Et d'espérance et de peur […],
Est juste notre chance d'apprendre l'Amour,
Comment il peut être, comment il a été et comment il est.

Là où l'Amour existe, nous existons et Dieu existe.

Les personnes qui trouvent de la joie dans l'Amour trouvent de la joie dans l'être humain, et en Dieu.

Dieu est Amour. Alors : AIMEZ !

Sans distinction, sans rendez-vous, sans ajournement, sans peur de souffrir : AIMEZ !

Déversez généreusement votre Amour sur les pauvres – ce qui est facile –, sur les riches – qui se méfient de tout le monde et ne parviennent pas à percevoir l'Amour dont ils ont tant besoin – et sur vos semblables – ce qui est très difficile. C'est avec nos semblables que nous sommes le plus égoïstes. Très souvent nous *essayons de plaire*, alors que ce que nous devons faire, c'est *donner de la joie*.

Alors donnez de la joie. Ne perdez jamais une occasion de réjouir votre prochain, parce que vous serez le premier à en bénéficier – même si personne n'a connaissance de votre action. Le monde autour de vous en sera plus joyeux et la vie sera bien plus facile pour vous.

Pour ma part, je vis dans ce monde au présent. Dites-moi, s'il vous plaît, ce que je peux faire de bon, ou quelle joie je peux donner. Ne me laissez pas différer ni oublier, car plus jamais je ne revivrai cet instant.

La **générosité**. « L'Amour ne jalouse pas. » L'Amour n'envie pas. Jalouser signifie aimer en rivalisant avec l'Amour des autres.

Laissez les autres aimer. Et essayez d'aimer toujours davantage.

Faites votre part, donnez le meilleur de vous-même.

Chaque fois que vous accomplirez une bonne action, vous rencontrerez des personnes qui feront de même, et parfois mieux que vous. Ne les enviez pas.

L'envie se porte sur ceux qui sont de notre côté, et elle essaie en général de détruire ce qu'il y a de meilleur en eux. C'est le sentiment le plus méprisable que l'être humain puisse éprouver.

L'envie espère toujours anéantir ce que les autres font – même s'ils le font mieux que nous.

La seule façon d'échapper à l'envie est de concentrer ses forces sur l'Amour.

Au lieu d'envier, nous devons admirer l'âme grande, riche et généreuse de celles et ceux qui connaissent un Amour qui « ne jalouse pas ».

Une fois que nous aurons compris cela, nous aurons une autre chose à apprendre : l'**humilité**. Scellons nos lèvres et oublions notre patience, notre bonté, notre générosité. Oui : dès lors que l'Amour pénètre nos vies et y réalise sa belle œuvre, nous devons nous tenir tranquilles et ne rien dire.

L'Amour se cache, y compris de Lui-même.

L'Amour évite l'autosatisfaction.

L'Amour « ne se vante pas, ne se gonfle pas d'orgueil ».

Le cinquième ingrédient peut paraître étrange et inutile dans cet arc-en-ciel de l'Amour : la **délicatesse**. C'est l'Amour entre les personnes, l'Amour dans la société. Bien des gens ont l'habitude de dire que la délicatesse est superflue.

C'est faux. La délicatesse, c'est l'Amour qui se manifeste dans les petites choses.

L'Amour *ne parvient pas* à être agressif ou inconvenant, Il ne parvient pas à se comporter mal. Vous pouvez être la personne la plus timide au monde, la plus démunie quand il s'agit de traiter avec autrui, mais si vous avez une réserve d'Amour dans votre cœur, vous agirez toujours correctement.

Carlyle disait de Robert Burns qu'il était plus noble que toute la noblesse anglaise, parce que son Amour parvenait à s'étendre à tout : à la souris, à la marguerite, à toutes les petites et grandes choses que Dieu a faites.

Ainsi Burns pouvait-il discuter avec n'importe qui, visiter des palais et dormir dans des cabanes.

Savez-vous ce que signifie « être noble » ? Cela signifie agir dignement. Voilà le mystère de l'Amour.

L'être dont le cœur est empli d'Amour ne peut agir grossièrement, alors que le faux noble, qui est juste snob, reste prisonnier de ses sentiments et ne parvient pas à aimer.

L'Amour « ne fait rien d'inconvenant ».

Le **dévouement**. L'Amour « ne cherche pas son propre intérêt », Il ne se cherche pas Lui-même.

L'Amour ne cherche même pas ce qui est sien.

En Angleterre, comme dans de nombreux autres pays, les hommes luttent – et avec raison – pour leurs droits. Mais dans certains moments très particuliers, on peut aller jusqu'à renoncer à ses droits.

Ce n'est pas cela, pourtant, que Paul exige de nous. Non : il sait juste que l'Amour est si profond que ceux qui aiment se moquent de toute récompense.

Nous aimons parce que l'Amour est le Don suprême et non parce que cela nous apporte quelque chose en échange.

Il n'est pas difficile de renoncer à ses droits – en fin de compte, ceux-ci ne nous sont pas intrinsèques, ils sont liés à notre rapport à la société. Mais il est difficile de renoncer à soi-même.

Et il est plus difficile encore de n'attendre aucune récompense quand on aime.

En général nous cherchons, achetons, conquérons, méritons, obtenons le meilleur – et nous pouvons, dans un geste noble, renoncer à la récompense. Mais là, je parle de ne rien attendre en retour.

Id opus est. Voilà la tâche à réaliser. Car l'Amour se suffit à Lui-même.

« Vous cherchez de grandes choses dans votre vie ? » demande le prophète.

« Ne les cherchez pas. » Pourquoi ? Parce qu'il n'y a nulle grandeur dans les choses. Les choses ne peuvent être plus grandes qu'elles-mêmes. La seule grandeur, c'est le dévouement que permet l'Amour.

Je sais qu'il est très difficile de renoncer à une récompense… et il est encore plus difficile de n'attendre aucune récompense de nos actes.

Non, je m'exprime mal. En réalité, rien n'est difficile pour l'Amour. Je crois réellement que le fardeau de l'Amour est doux à porter. Le « fardeau » devient léger si l'on suit la voie de l'Amour. Et c'est aussi, j'en suis certain, la voie la plus facile, car l'Amour qui ne cherche rien en échange est capable de remplir de sa lumière chaque minute de notre existence.

La leçon la plus fréquente, dans tous les enseignements spirituels, nous le dit : le bonheur ne consiste pas à avoir ni à recevoir, mais à donner.

Je le répète : **le bonheur ne consiste pas à avoir ni à recevoir, mais à donner.**

De nos jours, presque tout le monde suit une fausse piste dans sa quête du bonheur. On se préoccupe beaucoup d'avoir et de recevoir, de montrer, de conquérir, d'être servi par les autres. Pour la plupart des gens, telle est la définition de l'accomplissement personnel.

Mais s'accomplir, c'est donner et servir. Que celui qui veut être le plus grand de vous tous, a dit le Christ, serve son prochain. Si l'on veut être heureux, on doit prendre l'Amour pour guide. Le reste n'a pas d'importance.

L'ingrédient suivant est la **tolérance.** L'Amour « ne s'emporte pas ».

Nous excusons souvent l'intolérance comme une tare héréditaire, un trait de caractère, une déviance naturelle, quand en vérité il faudrait la considérer comme un véritable défaut. C'est pourquoi, dans l'analyse qu'il fait de l'Amour, Paul cite la tolérance. Et la Bible, dans bien d'autres passages, évoque l'intolérance comme l'élément le plus destructeur dans notre façon d'agir.

Ce qui me frappe le plus est que l'intolérance, les préjugés sont néanmoins présents dans la vie de personnes qui s'imaginent être vertueuses. C'est en général le défaut qui entache une personnalité qui aurait tout pour être gentille et noble. Il est fréquent de connaître des gens qui sont presque parfaits, mais qui, tout à coup, se mettent à penser qu'ils ont raison sur tel ou tel sujet et qui en perdent la tête.

Cette compatibilité supposée entre la vertu et l'intolérance est l'un des problèmes les plus tristes qui affectent l'espèce humaine et la société.

En vérité, il existe deux types de péchés : ceux du corps et ceux de l'esprit. Dans une parabole du Nouveau Testament, le fils prodigue abandonne sa famille et s'en va courir le monde, tandis que son frère aîné reste auprès de leur père. Après de nombreuses mésaventures, le fils prodigue décide de rentrer et leur père donne une grande fête en son honneur. En l'apprenant, le frère aîné se révolte : « Ne suis-je pas resté ici à tes côtés tout ce temps, travaillant dur, pendant qu'il dilapidait ton héritage ? » demande-t-il.

Nous pouvons considérer que le fils prodigue a commis le premier type de péché, alors que son frère a commis le second. La société, curieusement, affirme savoir lequel des deux est le pire et sa condamnation tombe, sans l'ombre d'un doute, sur le fils prodigue. Mais avons-nous bien raison ?

Nous n'avons aucune balance pour peser les péchés des autres, et « meilleur » ou « pire » ne sont que deux mots de notre vocabulaire. Mais je vous le dis : les fautes simples et évidentes sont en réalité souvent bien moins graves que d'autres, plus sophistiquées.

Aux yeux de Celui qui est Amour, un péché contre l'Amour est cent fois pire. Nul vice, nulle envie, nulle avarice, luxure ou ivresse n'est pire qu'un tempérament intolérant.

Parce que l'intolérance rend la vie amère,
parce qu'elle détruit des communautés,
parce qu'elle vient à bout de nombreuses relations,
parce qu'elle dévaste des foyers,
parce qu'elle ébranle femmes et hommes au plus profond de leur être,
parce qu'elle ôte toute l'exubérance de la jeunesse,
parce qu'elle peut gratuitement produire de la misère,
l'intolérance est sans rival.

Prenons le frère aîné, droit, travailleur, patient, responsable. C'est à lui que nous attribuerions tout le mérite au vu de ses vertus. Observons-le, cet enfant qui à présent se trouve devant la maison, face à son père.

« Le fils aîné se mit en colère, et il refusait d'entrer », lisons-nous. Comme l'attitude de son frère a dû affecter le fils prodigue ! Et combien de fils prodigues restent en dehors du royaume de Dieu à cause de ces personnes sans Amour, qui prétendent s'y trouver !

Quel air devait avoir le frère aîné en prononçant ces paroles ? Son visage était sans doute assombri par un nuage de jalousie, de colère, d'orgueil, de cruauté, de certitude d'avoir toujours bien agi. Entêtement, ressentiment, manque de charité. Voilà les ingrédients de cette âme terne et sans Amour. Voilà les ingrédients de l'intolérance et du préjugé.

Et nous savons tous, nous qui avons très souvent subi ce type de pression dans la vie, que ces péchés-là sont beaucoup plus destructeurs que les péchés du corps.

Le Christ Lui-même n'évoque-t-il pas ce sujet quand Il dit que les prostituées et les pécheurs entreront les premiers au Royaume des Cieux, devant les scribes, qui étaient les sages de son époque ?

Dans ce Royaume il n'y a pas de place pour les êtres emplis de préjugés et d'intolérance. Un tel être parviendrait à faire du paradis un enfer insupportable pour lui et pour les autres.

Si une personne intolérante n'est pas capable de se transformer en laissant de côté tout ce qu'elle juge intouchable et en abandonnant ses certitudes, elle ne pourra pas – *elle ne pourra tout simplement pas* – accéder au Royaume des Cieux.

Car, pour y entrer, il faut porter le paradis dans son âme.

Voyez ! En parlant, je me suis emporté. Et une bulle d'intolérance est montée, révélant quelque chose de pourri au fond. C'est là un grand test pour l'Amour : ne pas oublier que malgré tous nos efforts, nous ne parvenons presque jamais à obtenir la paix nécessaire à son éclosion. Voyez comme les aspects les plus secrets de l'âme surgissent quand on baisse la garde. Comme tout à coup, en prêchant la générosité, l'humilité, la patience, la délicatesse, le dévouement, je me suis échauffé.

J'ai commis le vice de ceux qui parlent de vertu : l'intolérance s'est manifestée.

Parler de préjugés ou les affronter ne suffit pas. Il faut remonter jusqu'à l'endroit où ils se cachent, changer ce qu'il y a de plus intime dans notre propre nature. Ainsi seulement les sentiments de colère mourront d'eux-mêmes. Alors nos âmes s'adouciront – non pas parce que nous aurons chassé l'agressivité, mais parce que nous aurons fait entrer l'Amour.

Dieu est Amour. Un Amour qui, en nous pénétrant, adoucit, purifie et transforme tout. Il éloigne les fautes, Il rénove, régénère, reconstruit l'homme de l'intérieur.

Le pouvoir de la volonté ne transforme pas l'être humain.

L'Amour, si.

Laissez donc l'Amour entrer. Rappelez-vous : c'est une question de vie ou de mort. Ça n'avance à rien que je sois là à vous parler de l'Amour si je suis incapable de Le réveiller en vous. « Il vaut mieux qu'on lui attache au cou une meule en pierre et qu'on le précipite à la mer, plutôt qu'il ne soit une occasion de chute pour un seul des petits que voilà. »

Autrement dit : mieux vaut ne pas vivre que ne pas aimer.

Mieux vaut ne pas vivre que ne pas aimer.

À présent, parlons un peu d'**innocence** et de **sincérité**. Les personnes qui ont le plus d'influence sur nous, qui nous touchent le plus, sont celles qui croient en ce que nous disons.

Lorsqu'elles deviennent méfiantes, elles se mettent en retrait.

Mais face à l'innocence, nous grandissons tous. Nous trouvons courage et amitié auprès de ceux qui croient en nous.

Ceux qui nous comprennent peuvent nous transformer.

Il est si bon de savoir qu'il existe encore, ici et là, des gens dépourvus de rancune parce qu'ils sont conscients de l'importance du bien qu'ils font. Ces êtres grandissent aux yeux des hommes et de Dieu. Ils ne redoutent pas l'envie ou l'indifférence. Parce que l'Amour « n'entretient pas de rancune », voit toujours le bon côté, et donne le meilleur de Lui-même.

Et, je le répète, ceux qui aiment en sortent gagnants, bien qu'ils ne cherchent aucune récompense. Qu'elle est merveilleuse, la vie de ceux qui sont toujours dans la lumière ! Comme il est stimulant, comme il est bénéfique de passer une journée sans le moindre ressentiment !

Inspirer la confiance à autrui revient à s'approcher au plus près de l'Amour. Et nous n'y parviendrons qu'en ayant nous aussi confiance en autrui. Le peu de mal que les autres peuvent nous infliger en nous reprochant notre attitude innocente n'est rien à côté de la joie que nous éprouverons face à la vie. Nous n'aurons plus besoin de porter de lourdes armures, des boucliers inconfortables et des armes dangereuses. L'innocence nous protégera.

Nous ne pouvons aider une personne que si nous lui faisons confiance. Car lorsque les autres nous respectent, nous finissons par nous respecter à nouveau.

Si nous croyons qu'une personne peut s'améliorer et si elle sent que nous la considérons comme notre égale, elle nous écoutera. Et elle croira elle aussi en sa propre capacité de devenir meilleure.

L'Amour « ne se réjouit pas de ce qui est injuste, mais Il trouve sa joie dans ce qui est vrai ». J'ai appelé cet ingrédient la **sincérité**.

Celui qui sait aimer aime la Vérité tout autant que son prochain. Il se réjouit de la Vérité, mais ce n'est pas celle qui lui a été enseignée.

Ce n'est pas la vérité des doctrines. Ni la vérité des Églises.

Ni celle de tel ou tel « -isme ».

Il se réjouit dans la *Vérité*. Il cherche la Vérité l'esprit limpide, humble et dépourvu de préjugés ou d'intolérance – et il finit par se satisfaire de ce qu'il trouve.

Le mot *sincérité* n'est peut-être pas le meilleur pour exprimer cette qualité de l'Amour, mais je n'en trouve point d'autre.

Je ne parle pas de la sincérité qui humilie son prochain, de celle qui utilise les erreurs des autres pour se mettre en avant. Le véritable Amour ne consiste pas à montrer aux autres leurs faiblesses, mais à tout accepter, à se réjouir de voir que les choses sont finalement meilleures que ce qu'on en avait d'abord dit.

Mais cessons à présent d'analyser l'Amour. Efforçons-nous d'intégrer tous ces ingrédients.

Notre but en ce monde doit être le suivant : apprendre à aimer.

La vie nous offre des millions d'occasions d'apprendre à aimer. Chaque homme et chaque femme peut, au quotidien, trouver une bonne occasion de se consacrer à l'Amour. La vie n'est pas un long jour férié, mais un apprentissage constant.

Et sa plus importante leçon est d'apprendre à aimer.

Aimer de mieux en mieux.

Qu'est-ce qui fait d'un homme un grand artiste, un grand écrivain, un grand musicien ?

La pratique.

Qu'est-ce qui fait d'un homme un grand homme ?

La pratique. Rien de plus.

Les lois qui s'appliquent au corps et à l'âme valent aussi pour l'élévation spirituelle. Si l'on n'exerce jamais son bras, on n'acquerra jamais de muscles. Si l'on n'exerce jamais son âme, on n'acquerra jamais un caractère affirmé, ni des idéaux, ni la beauté de l'élévation spirituelle.

L'Amour n'est pas un moment d'enthousiasme.

L'Amour est une expression riche, forte et généreuse de la vie – la personnalité de l'être humain dans ce qu'elle a de plus accompli.

Et pour y parvenir, nous devons pratiquer constamment.

Que faisait le Christ dans l'atelier du charpentier ?

Il pratiquait.

Bien que parfait, Il apprenait – nous avons tous pu lire des passages à ce sujet.

Ainsi grandissait-Il en sagesse, pour Dieu et pour les hommes.

Essayez de voir le monde comme un grand terrain d'apprentissage de l'Amour et ne vous obstinez pas à lutter contre ce qui vous arrive. Ne vous plaignez pas si vous devez toujours vous montrer prudent, si vous êtes cernés par des âmes petites et mesquines.

C'est la façon que Dieu a trouvée pour vous faire **pratiquer**.

Et n'ayez pas peur des tentations. Ne soyez pas surpris qu'elles vous entourent et qu'elles rôdent sans cesse près de vous – malgré tous vos efforts et toutes vos prières. C'est de cette façon que Dieu travaille votre âme.

Tout cela vous apprend à être patient, humble, généreux, dévoué, délicat, tolérant. N'éloignez pas la main qui vous modèle, car cette main vous montre aussi le chemin.

Soyez-en sûr : vous gagnez en beauté de minute en minute – et même si vous ne le percevez pas, sachez que les difficultés et les tentations sont les outils de Dieu.

Souvenez-vous des mots de Goethe : « Le talent se développe dans la retraite ; le caractère se forme dans le tumulte du monde. »

Le talent se déploie dans la solitude – dans la prière, dans la Foi, dans la méditation, dans la clairvoyance.

Mais le caractère ne peut s'affirmer que si nous faisons partie du monde.

Car c'est en évoluant dans le monde que nous apprenons à aimer.

J'ai montré certains aspects de l'Amour pour faciliter notre compréhension de Dieu et de notre prochain.

Mais ce ne sont là que quelques aspects. L'Amour ne pourra jamais être défini.

La lumière est bien plus que la somme de toutes ses composantes – c'est quelque chose qui brille avec fulgurance dans l'espace.

Et l'Amour est bien plus que la somme de tous ses ingrédients – c'est quelque chose de vivant, de palpitant, de divin.

Si nous mélangions les couleurs de l'arc-en-ciel entre elles, tout ce que nous parviendrions à obtenir serait la couleur blanche – jamais nous ne réussirions à produire de la lumière.

De même, si nous synthétisions toutes les vertus évoquées, nous pourrions devenir plus vertueux, mais cela ne veut pas dire que nous aurions appris à aimer.

Alors, comment amener l'Amour au sein de nos cœurs ?

En travaillant sur notre volonté, pour Le garder toujours au plus près de nous.

En essayant de suivre l'exemple de ceux qui ont appris à aimer.

En oubliant toutes les règles que l'on nous a inculquées sur l'Amour, y compris celles que je viens d'énoncer.

En priant. En restant vigilants.

Rien de tout cela, pourtant, ne nous fera aimer, parce que l'Amour est un **effet**. Et c'est seulement quand on connaît la cause que l'effet se manifeste.

Dois-je préciser quelle est cette cause ?

Dans la version revue de la Première Lettre de saint Jean figurent les mots suivants :

« Nous aimons parce que Dieu Lui-même nous a aimés le premier. »

Il est écrit : « nous aimons », et non pas « nous L'aimons », comme cela avait été traduit auparavant.

« Nous aimons parce qu'Il nous a aimés le premier. » Notez le **parce que**.

Voilà la cause que j'évoquais.

Parce que Dieu nous a aimés d'abord, l'effet – la conséquence – est que nous aimons.

Nous sommes tous des manifestations de l'Amour. Nous L'aimons Lui, nous nous aimons nous-mêmes, nous aimons tout le monde.

C'est ainsi. Notre cœur se transforme peu à peu. Contemplez l'Amour qui vous est donné et vous saurez aimer.

Vous ne pouvez pas vous forcer – ni forcer quiconque – à aimer. Tout ce que vous pouvez faire, c'est contempler l'Amour, tomber amoureux de Lui et L'imiter.

Aimez l'Amour. Voyez le grand sacrifice qu'Il s'est imposé. En L'aimant, vous deviendrez comme Lui.

L'Amour produit de l'Amour.

Si vous mettez un morceau de fer en contact avec une source d'électricité, vous recevrez un choc électrique. C'est un processus d'induction. Si vous le mettez près d'un aimant, ce morceau se changera lui aussi en aimant, tant qu'il en restera proche.

Restez près de Celui qui nous aime et vous serez aimanté par cet Amour.

Toute personne qui cherchera cette cause connaîtra cet effet.

Essayez de vous libérer du préjugé selon lequel la quête spirituelle relève d'un hasard, d'un caprice ou d'un goût pour le mystère. Elle existe en vertu d'une loi naturelle – ou, plutôt, spirituelle, puisqu'il s'agit d'une loi divine.

Un jour, Edward Irving a rendu visite à un petit garçon qui se mourait. Une fois entré dans la chambre, il a posé sa main sur la tête de l'enfant et a déclaré : « Petit, Dieu t'aime. »

Il n'a rien dit de plus. Il est aussitôt reparti.

L'enfant s'est levé et a appelé toute la maisonnée en criant : « Dieu m'aime ! Dieu m'aime ! » Le changement a été total : la certitude que Dieu l'aimait lui a redonné des forces, a détruit le mal en lui et a rendu cette transformation possible.

De même, l'Amour vient à bout du mal qui habite le cœur de l'être humain et en fait une nouvelle créature – patiente, humble, tolérante, gentille, dévouée et sincère.

Il n'existe aucune autre voie pour réussir à aimer – et il n'y a là, d'ailleurs, aucun mystère. Nous aimons autrui, nous nous aimons nous-mêmes, nous aimons nos ennemis, parce qu'Il nous a aimés, le premier.

Il n'y a pas grand-chose à ajouter sur les raisons qui ont conduit Paul à considérer l'Amour comme le Don suprême.

Il faut juste analyser la principale. C'est un point très important, qui peut se résumer en quelques mots : l'Amour demeure.

« L'Amour ne connaît pas de fin », insiste Paul. Et il nous présente l'une de ses merveilleuses listes où il évoque des sujets importants à son époque. Des choses dont tout le monde affirmait alors qu'elles étaient éternelles.

Il démontre ainsi combien elles sont toutes fragiles, temporaires, agonisantes.

« Les prophéties seront dépassées. »

À cette époque, toutes les mères rêvaient que leur fils soit prophète. Pendant des siècles et des siècles, Dieu avait choisi de parler au monde par le biais des prophètes et ceux-ci étaient plus puissants que les rois. Les hommes attendaient avec anxiété l'apparition d'un nouveau messager du Très Haut, et ils l'honoraient à son arrivée.

Paul se montre implacable : « Les prophéties seront dépassées. »

La Bible est pleine de prophéties. Mais dans la mesure où elles se sont peu à peu réalisées, elles ont perdu leur sens. Elles ont disparu en tant que prophéties pour simplement nourrir la foi des personnes pieuses.

Puis Paul évoque les langues : « Le don des langues cessera. »

D'après nos connaissances, l'apparition des premières langues sur la Terre remonte à des milliers d'années. Elles ont aidé l'homme à s'organiser, à se développer et à survivre dans un monde dangereux et hostile. Qu'en est-il de ces langues ?

Elles ont disparu.

Les Égyptiens ont construit des pyramides et gravé leur écriture sur des monuments qui sont encore debout aujourd'hui. Ils existent toujours en tant que nation, mais leur langue originelle a disparu.

Prenez ces exemples comme vous le voudrez – y compris dans leur sens littéral.

Bien que cette question ne soit pas la préoccupation principale de Paul, elle nous permet de mieux comprendre ce dont il parle. La Lettre aux Corinthiens, que nous avons lue et évoquée ensemble, a initialement été écrite en grec ancien.

Or si nous allions aujourd'hui en Grèce avec le texte original, rares seraient les personnes qui pourraient le déchiffrer.

Il y a mille cinq cents ans, le latin dominait le monde. Cela ne veut plus rien dire aujourd'hui. Les langues indigènes disparaissent peu à peu. Les langues anciennes du pays de Galles et de l'Écosse, par exemple, meurent lentement sous nos yeux.

Le livre le plus populaire d'Angleterre – à l'exception de la Bible – est *Les Aventures de Mr Pickwick* de Charles Dickens. Il est presque intégralement écrit dans un anglais oral, celui que parlaient à l'époque les gens dans la rue. Or des universitaires nous assurent que dans cinquante ans ce texte sera illisible pour le lecteur lambda.

Paul va ensuite plus loin et ajoute, emphatique : « Les connaissances actuelles seront dépassées. »

Qu'en est-il de la science des Anciens ? Elle a complètement disparu. Aujourd'hui, un élève du secondaire connaît plus de choses que n'en savait à son époque sir Isaac Newton, qui a découvert la loi de la gravité. Le journal qui nous donne les nouvelles du matin est jeté à la poubelle à la nuit tombée. On peut désormais acheter des encyclopédies publiées il y a dix ans pour quelques centimes seulement – parce que les avancées scientifiques décrites dans leurs pages sont déjà complètement dépassées.

Voyez comment la charrette poussée par le cheval a été remplacée par la vapeur. Et comment l'électricité, à son tour, menace de prendre le pas sur la vapeur, reléguant à l'oubli des centaines d'inventions qui venaient tout juste de voir le jour. L'une des plus grandes figures d'autorité d'aujourd'hui, sir William Thomson, l'affirme : « Le moteur à vapeur cessera bientôt d'exister. »

« Les connaissances actuelles seront dépassées. »

On voit parfois au fond des jardins de vieilles roues, des pièces cassées, des objets de fer rouillés. Il y a vingt ans, ces mêmes pièces formaient des objets qui faisaient la fierté de leur propriétaire.

Désormais elles ne représentent plus rien, si ce n'est une chaîne dont nous ne parvenons pas à nous libérer.

Toute la science et toute la philosophie de notre époque, dont nous sommes si fiers, vieilliront un jour.

Il y a quelques années, la plus grande personnalité d'Édimbourg était sir James Simpson, l'homme qui découvrit le chloroforme et fut le précurseur de l'anesthésie. Récemment, le bibliothécaire de l'université où le scientifique enseignait a demandé au neveu de ce dernier de le débarrasser des livres de son oncle. Ceux-ci n'avaient en effet plus le moindre intérêt pour les nouveaux étudiants.

Le neveu a dit au bibliothécaire : « Les livres de mon oncle ne sont pas les seuls concernés. On devrait se débarrasser de tous les livres scientifiques de plus de dix ans. »

Sir James Simpson était un chercheur à la renommée internationale ; des scientifiques des quatre coins du monde venaient le consulter.

Mais depuis, ses découvertes – et presque toutes celles de son époque – ont été dépassées.

« Nous voyons actuellement comme dans un miroir obscur. »

Pouvez-vous me citer une seule chose qui dure toujours ? La liste de Paul comporte de nombreuses omissions. Il n'a pas évoqué l'argent, la fortune, la réputation ; il s'est contenté de citer ce qui était important à son époque, des choses auxquelles se consacraient les plus grands hommes de son temps. Et il les a résolument écartées.

De fait, Paul n'avait rien contre elles ; il n'a pas médit d'elles. Il s'est contenté de constater qu'elles ne dureraient pas. Elles étaient importantes, mais elles n'étaient pas des dons comparables au Don suprême.

Quelque chose les dépassait.

Ce que nous sommes ne se résume certainement pas à nos actes et encore moins à nos possessions. Les hommes voient souvent des péchés là où il n'y en a pas, là où il n'y a que des sentiments et des écarts fugaces.

Éphémères.

C'est l'argument de prédilection du Nouveau Testament. Saint Jean, dans sa Première Lettre, ne nous dit pas que le monde est dans l'erreur ; il dit qu'il « passera ».

Il y a nombre de belles choses en ce monde ; des choses qui nous enthousiasment et qui nous grandissent.

Mais elles ne dureront pas. Tout dans ce royaume – l'éblouissement de la vue, les plaisirs de la chair, la fierté – n'existe que pour un laps de temps.

C'est pourquoi vous devez empêcher votre Amour de s'attacher aux choses du monde. Rien de ce que le monde contient ne vaut le dévouement ni le temps d'une âme immortelle. L'âme immortelle doit se consacrer à ce qui est immortel.

Et ce qui est immortel, c'est uniquement « la Foi, l'Espérance et l'Amour ».

Certains diront même que deux de ces choses passent : la Foi, quand nous sentons et vivons la présence de Dieu, et l'Espérance, quand elle est satisfaite et comblée.

Mais l'Amour, c'est certain, continue d'exister.

Dieu, le Dieu éternel, est Amour. Cherchez donc l'Amour – ce moment éternel, la seule chose qui demeurera quand l'espèce humaine elle-même connaîtra la fin de ses jours. L'Amour sera toujours la seule monnaie courante acceptée dans l'univers, quand toutes les autres monnaies, de toutes les nations, auront perdu leur usage et leur valeur.

Si vous voulez vous consacrer à de multiples choses, consacrez-vous d'abord à l'Amour – et tout le reste vous sera donné en supplément. N'accordez à chaque chose que sa juste valeur.

N'accordez à chaque chose que sa juste valeur.

Permettez au moins que le grand but de votre vie soit de rassembler assez de forces pour défendre cette idée et pour construire une existence jalonnée par l'Amour. Comme le Christ, qui a bâti toute la sienne sur l'Amour.

Je disais tout à l'heure que l'Amour est éternel. Avez-vous déjà remarqué que Jean l'associe, à plusieurs reprises, à la vie éternelle ? Quand j'étais petit, on me racontait que « Dieu a tellement aimé le monde qu'il a donné son Fils unique, afin que quiconque croit en Lui ne périsse point, mais obtienne la vie éternelle ».

Je me souviens parfaitement des paroles des plus âgés : ils disaient que Dieu a aimé le monde très fort et que si nous avons confiance en Lui, nous connaîtrons la paix, le repos, la joie et la sécurité. J'ai dû découvrir par moi-même que cela ne se passait pas exactement comme ça. Qu'en vérité, tous ceux qui ont confiance en Lui – c'est-à-dire qui L'aiment, car la confiance est un boulevard qu'emprunte l'Amour – auront, oui, la vie éternelle.

Les textes sacrés nous parlent d'une nouvelle vie. Ne vous contentez pas d'offrir à votre prochain la paix, le repos ou la sécurité. Racontez-lui comment le Christ est venu au monde pour donner à l'être humain une vie plus riche d'Amour – et par conséquent abondante en salut, assez longue pour que nous puissions nous consacrer à l'apprentissage de l'Amour.

C'est ainsi seulement que les mots de l'Évangile ont du sens et peuvent toucher le corps, l'âme et l'esprit, tout en donnant à chaque partie un cap et un but.

Nombre de textes spirituels ne s'adressent qu'à une seule partie de l'homme.

Ils offrent la paix, sans parler de la vie.

Ils débattent de la Foi et oublient l'Amour.

Ils évoquent la Justice sans aborder la Révélation.

Et l'homme finit par s'éloigner de la quête spirituelle, parce que celle-ci n'a pas su le garder sur sa route.

Ne commettons pas ces erreurs. Gardons clairement à l'esprit que seul l'Amour total peut rivaliser avec l'amour de ce monde.

Aimer abondamment, c'est vivre abondamment.

Aimer pour toujours, c'est vivre pour toujours. La vie éternelle est indissociable de l'Amour.

Pourquoi voulons-nous vivre pour toujours ? Parce que nous espérons que demain nous apportera quelqu'un que nous aimerons. Parce que nous voulons vivre un jour de plus avec la personne qui est à nos côtés. Parce que nous voulons rencontrer quelqu'un qui mérite notre Amour et qui saura également nous aimer comme nous pensons le mériter.

C'est pourquoi l'être qui n'est aimé de personne éprouve un profond désir de mourir.

Tant qu'il aura des amis, des gens qu'il aime et dont il est aimé, il vivra.

Parce que vivre, c'est aimer.

Même l'Amour envers un animal de compagnie – un chien, par exemple – peut donner du sens à la vie d'un être humain. Et si ce lien d'Amour qui rattache à la vie disparaît, toute raison de vivre disparaîtra aussi.

L'« énergie de la vie » aura failli.

Connaître l'Amour, c'est accéder à la vie éternelle. Dieu est Amour. Jean a dit : « Nous sommes en Celui qui est vrai, en son Fils Jésus-Christ. C'est Lui qui est le Dieu vrai, et la vie éternelle. »

Quelle que soit votre croyance ou votre foi, cherchez d'abord l'Amour. Et le reste viendra en supplément.

L'Amour ne peut qu'être éternel. Parce que Dieu est éternel.

L'Amour est la vie.

L'Amour ne faillit jamais et la vie ne faillira pas non plus tant qu'il y aura de l'Amour.

C'est ce que Paul nous démontre : au fond de toute chose créée, l'Amour est présent en tant que Don suprême – parce que l'Amour demeure, alors que les choses ont une fin.

L'Amour est là, Il existe en nous maintenant, en ce moment. Ce n'est pas quelque chose qui nous sera donné à notre mort. Au contraire, nous aurons peu de chances d'apprendre l'Amour quand nous serons vieux si nous ne Le cherchons pas et ne Le pratiquons pas maintenant.

Le pire destin pour un être est de vivre et de mourir seul, sans aimer ni être aimé.

Qui aime est sauvé.

Qui n'aime pas et n'est pas aimé est condamné.

Et qui se réjouit dans l'Amour se réjouit en Dieu, parce que Dieu est Amour.

J'arrive à la fin de ce très long sermon. Mais auparavant, je veux vous faire une proposition : combien d'entre vous veulent se joindre à moi pour lire cet extrait de la Lettre aux Corinthiens au moins une fois par semaine ?

Je propose aux volontaires de le faire pendant les trois prochains mois. C'est ce qu'un homme s'est mis à faire et sa vie a changé du tout au tout.

Ou bien vous pouvez commencer par la lire une fois par jour, surtout les versets décrivant la façon d'agir qui correspond à l'Amour :

« L'Amour est patient, l'Amour rend service, l'Amour ne jalouse pas. »

Mettez ces ingrédients dans votre vie. Dès lors, tout ce que vous ferez s'inscrira dans l'éternité. Cela vaut la peine de consacrer un peu de temps à apprendre l'art d'aimer.

Aucun être ne devient saint en dormant ; il faut prier, méditer.

De même, toute amélioration, de quelque nature qu'elle soit, requiert préparation et attention.

Imposez-vous de mener une vie pleine et droite. Si vous regardez en arrière, vous comprendrez que les meilleurs moments de votre vie, les plus importants, sont ceux où l'esprit de l'Amour s'est manifesté.

Lorsque nous examinons notre passé – sans nous arrêter sur les plaisirs éphémères de la vie –, nous notons que les moments marquants de notre existence sont ceux qui ont été touchés par l'Amour ; ou bien ceux où nous avons fait, l'air de rien, quelque chose de bon pour quelqu'un. Quelque chose qui semble parfois trop banal pour être raconté mais qui, pendant une fraction de seconde, nous a donné la sensation de plonger dans l'éternité.

J'ai vu presque toutes les belles choses que Dieu a créées. J'ai profité de presque tous les plaisirs qu'un homme peut goûter. Et malgré tout, si je regarde mon passé, je ne retiens que quatre ou cinq moments – en général très courts – durant lesquels j'ai pu reproduire une pauvre imitation de l'Amour de Dieu.

Ce sont ces moments-là qui donnent à ma vie sa raison d'être. Tout le reste est passager. Tout autre bien ou vertu n'est qu'illusion. Ces petits actes d'Amour que personne n'a remarqués, que personne ne connaît, donnent à ma vie sa raison d'être.

Parce que l'Amour demeure.

Matthieu nous donne une description classique du Jugement dernier : le Fils de l'Homme s'assoit sur un trône et sépare, tel un berger, les agneaux des brebis.

À ce moment-là, la grande question de l'être humain ne sera pas : « Comment ai-je vécu ? »

Non, ce sera : « Comment ai-je aimé ? »

L'examen final de toute quête de salut sera l'Amour. Ce n'est pas ce que nous avons fait, ce en quoi nous avons cru, ce que nous avons obtenu qui aura de l'importance.

Rien de tout cela ne comptera. Ce qui comptera, ce sera comment nous avons aimé notre prochain.

Les erreurs que nous avons commises ne nous seront même pas rappelées. Nous serons jugés à l'aune du bien que nous n'avons pas fait. Car garder l'Amour enfermé en nous revient à aller contre l'Esprit de Dieu ; c'est la preuve que nous ne L'avons jamais connu, qu'Il nous a aimés en vain, que son Fils est mort pour rien.

Ne pas aimer signifie que Dieu n'a jamais inspiré nos pensées, nos vies, et que nous ne L'avons jamais approché suffisamment pour être touchés par son Amour débordant. Cela signifie que :

«J'ai vécu pour moi-même, pensé pour moi-même,
«pour moi-même, et personne d'autre,
«comme si Jésus n'avait jamais vécu,
«comme s'Il n'était jamais mort.»

C'est devant Dieu que les nations du monde seront réunies. C'est en présence de tous les autres êtres humains que nous serons jugés.

Et chaque être humain se jugera lui-même.

Seront présents ceux que nous avons rencontrés et aidés. Comparaîtront aussi ceux que nous avons méprisés et reniés. Inutile d'appeler le moindre témoin : notre propre vie se chargera de montrer, à la face de tous, ce que nous avons fait.

Aucune autre accusation – si ce n'est celle du défaut d'Amour – ne sera proférée.

Ne vous méprenez pas : les mots que nous entendrons ce jour-là ne viendront pas de la théologie, ni des saints, ni des Églises.

Ils viendront des affamés et des pauvres.

Ils ne viendront pas des credo et des doctrines.

Ils viendront des démunis et des désemparés.

Ils ne viendront pas des bibles ni des livres de prières.

Ils viendront des verres d'eau que nous avons donnés ou que nous n'avons pas donnés.

Qui est le Christ ?
C'est celui qui a nourri les pauvres, vêtu les démunis et rendu visite aux malades.

Où est le Christ ?
« Quiconque accueille un enfant en mon nom, c'est moi qu'il accueille. »

Qui est avec le Christ ?
Tous ceux qui aiment.

Quand le garçon se tut, le soleil était déjà couché. Les gens se levèrent en silence et rentrèrent chez eux. Jamais, du restant de leur vie, ils n'oublièrent ce jour. Ils avaient été touchés par le Don suprême et désiraient se souvenir longtemps de cette après-midi-là.

« Parce qu'on ne peut pas s'en souvenir pour toujours », pensa l'un d'eux.

Car le garçon l'avait bien dit : seul l'Amour demeure.

Henry Drummond est né en Grande-Bretagne en 1851. Tout jeune, il décide de parcourir le monde en quête du sens de la vie. Bien qu'il ait prêché dans de petites communautés dès ses vingt-deux ans, il a toujours refusé d'entrer dans les ordres. Il a finalement choisi de se consacrer à l'enseignement des sciences naturelles à Glasgow. *The Greatest Thing in the World*, publié en 1890, est son travail le plus important ; il est connu dans le monde entier comme l'un des plus beaux textes jamais écrits sur l'Amour.

N° d'édition : 438937
Dépôt légal : mai 2023

Achevé d'imprimer en avril 2023
sur les presses de Florjancic, Slovénie